Soeur Fesne.

Soeur Fesne,

FARCE NOUUELLE A .V. PERSONNAGES,

C'eft a fcauoir :

L'abeeffe,

Soeur de bon Coeur,

Soeur efplouree,

Soeur Safrete,

Et seur Fefne.

Se vend place du Louure,
chez Techener, Libraire.

Nº

Paris, MAULDE ET RENOU, Imprimeurs, rue Bailleul, 9 et 11.

Soeur Fesne,

FARCE NOUUELLE A .V. PERSONNAGES.

Seur esplouree commence.

Seur de bon coeur, ie suys perdue,
Et me treuue tant efperdue
Que plus n'en puys.

    La deuxieme Soeur.

Qu'effe, ma soeur?
Quel nouuele a vous entendue?
Quoy, vous eftes vous eftendue
Sur l'erbe, atendant la doulceur?

    La premiere Soeur.

Nenin.

    La deuxieme.

Rendes mon efprit seur.

La premiere.

Ie ne le diray poinct.

La deuxieme.

Helas !

Donner ie vous pouroys soulas,

Et vous garder de desplaisir;

Dictes le moy tout lóysir;

A ses amys rien ne se celle.

La premiere.

A ma mye !

La deuxieme.

Prenes vne selle;

Vous estes bien fort couroucee.

Declares moy voftre pencee;

Qu'aues vous ?

La premiere.

Rien.

La deuxieme.

A vng bref point,

Dictes moy, & ne mentes point,

Vous estes vous laissee aler ?

Qui vous tourmente en ce poinct ?

Dictes.

La premiere.

Ie ne le diray poinct.

Agardes ! l'honneur en defpent.

La deuxieme.

C'eft mal chante son contrepoinct,

L'honneur sy pres du cul ne pent.

La premiere.

Sy vous aues hape le roide ;

Agardes ! il n'y a remede ,

Noftre abeffe en faict bien autant.

La deuxieme.

Par ma foy, mon coeur se repent

Qui fault que i'en oye parler tant.

La premiere.

Ie vous veuil dire tout contant ,

Que c'eft que ceans il y a :

Vous cognoyfes bien seur Fefne.

Frere Roydimet l'a defeue

Et gaftee.

La deuxieme.

Aue Maria !

La premiere.

Elle est deiga grosse & enfaincte ;

Soeur, oues dea, ce n'est pas faincte,

Nous sommes toutes à quia

Par son faict.

La deuxieme.

Aue Maria !

Et Iessus, & ie l'ay tant faict,

Et a mon plaisir satiffaict

Sans estre grosse.

La premiere.

Helas, mon Dieu !

Aussi l'ai ge faict en mainct dieu

Comme elle.

La deuxieme.

Aue Maria !

Que i'en ay au coeur de detresse

Et de douleur

La troisieme.

Et qu'esse, qu'esse ?

Que i'entende vostre debat ;

Comptes moy par forme d'esbat

Ce que maintenant vous difies.

La premiere.

Ce n'eft rien, non.

La troisieme.

Vous deuifies

D'amour, en ce lieu, en commun ;

Mais c'eft tout vn, ouy, c'eft tout vn.

Ie n'en fais pas moins en tout temps,

Que les bonnes sœurs de ceans ;

Dictes hardiment.

La deuxieme.

On le scayt bien,

Que toutes on n'epargnons rien

Du noftre, mais tel piffendalle

Sera cauffe d'un grand scandalle,

Dont nous serons defonores.

La troisieme.

Vous me sembles fort efploures;

Quelle choffe auons aperceue ?

Qui a failly ?

La premiere et la deuxiesme ensemble disent.

C'eft seur Féfne

Qui a faict.....

La troisieme.

Quoy ?

La deuxieme.

Nous n'ofons dire.....

La troisieme.

Dictes, sy se n'eft que pour rire.

La premiere.

Rire, helas !

Mais i'en pleure & plains,

Et de larmes sont mes yeux plains

Pour la douleur que i'ey conceue.

La troisieme.

Qui caufe cela ?

La premiere et la deuxieme ensemble disent.

Soeur Fesne.

La premiere.

Dormir ie n'en peulx nuict ne iour.

Ie n'ay ne repos ne seiour,

Ains de douleur ie tremble et sue.

La troisieme.

Qui vous feict ce mal ?

La premiere et la deuxiesme ensemble disent.

Seur Fefne
Qui a faict.

La troisieme.

Ouy, mectre a genoulx
Quelque vn.

La premiere.

Elle a faict comme nous;
Mais le pire c'eft qu'el eft groffe.

La troisieme.

Groffe ! Iefus Chrift quel endoffe !
Efbahy suys qu'on le permect;
Mais declares nous, ie vous prye,
Sans que son honneur on defcrye.
Qui l'a faict?

La premiere.

Frere Redymet.

La troisieme

Helas ! el eft defhonoree,
Et, vierge Marie honoree !
Ou la pourons nous cacher
Le iour qu'el poura acoucher ?

La deuxieme.

Ie ne scay.

La premiere.

I'ey bien defcouuert
Aultre foys, qu'el eftoyt ioyeuffe,
Et qu'el auoyt l'engin trop ouuert
Pour eftre faicte religieuffe.

La troisieme.

Elle eft plaifante & amoureuffe;
Long temps il y a qu'el aymoit....

La premiere.

Qui, ma soeur ?

La troisieme

Frere Redymet,
Rouge comme vn beau cherubin.
Vn iour, auec frere Lubin
In camera charitatis,
Tout doulcement ie m'efbatis,
Mais il eft bien fort compaignable.

La deuxieme.

Il eft tant doulx & aymable,
Soeur Safrete, quant y s'y mect.

La premiere.

Ouy, le bon frere Redymet,
Quant il a la tefte dreffee
Et que de luy suys embraffee,
Ma leçon bien toft se comprent.

La deuxieme.

A ! iamais il ne me reprent;
Nous viuons nous deux comme amys,
Aufy mon coeur luy ay promys
Bon amour, ainfy le permect.

La premiere.

Quant au bon frere Redymet,
Ie le congnoy digne d'aymer.
Mais afin de n'eftre a blafmer,
Pour faindre eftre de saincte vye,
Ie veuil declarer, par enuye,
A noftre abeffe, se n'eft faincte,
Comme soeur Fefne eft enfaincte.

La deuxieme.

C'eft bien faict.

La troisieme.

C'eft bien faict, ma soeur.

Noſtre bon pere confeſſeur
En aura le miſerere.

La deuxieme.

Ie vouldroys qui fuſt enterre
En ma chambre, pour sa priſſon,

La troisieme.

Sainct Pierre, vous auez rayſon ;
D'amour aparence il y a
En vos dictz.

*La premiere allant a l'Abeesse pour parler a
elle.*

Aue Maria !

L'Abeesse.

Gratia plena, qu'aues vous
Qui vous amene deuers nous ?

La premiere.

Sans cauſe, ie vous viens voyr.

L'Abeesse.

Certes i'eſtoys en ce parloyr
En saincte contemplation
Des mos d'édiffication,
Atendant l'heure du menger.

La premiere.

Sy mort m'eftoyt venue charger,
Helas, ie seroys bien heureuffe.

L'Abeesse.

Et qu'effe ; eftes vous amoureuffe,
Regretes vous encore le monde ?

La premiere.

Nenin, non.

L'Abeesse.

Geans il habonde
Autant de plaifir sauoureulx
Comme au monde :
Et qu'il ne soyt ainfy
Dans cette maifon icy
Poues auoir vn amoureulx.

La premiere.

Helas ! mon coeur trop douloureulx
Ne peult oultrer, d'effort i'en suc.

L'Abeesse.

Et qu'effe, ma mye ?

La premiere.

Soeur Fefne

Qui a faict.....

               L'Abeesse.

Vous dict elle iniure?

Croyes moy, par Dieu, sy i'en iure,

Elle en sera incarseree;

Comment faict el la referee?

               La premiere.

Elle a faict.....

               L'Abeesse.

Ie n'y entens rien, en effaict.

               La premiere.

Elle a faict.....

               L'Abeesse.

Et quoy?

               La premiere.

Ficatores.

               L'Abeesse.

O ! le *grosson peccatores,*

Per Dieu, *habuyct grandos*

Penitentiomes sur le dos,

Qui l'euſt pence ?

               La premiere.

Elle a faict,

Et a son peche satiffaict,

Car elle eft *groffus.*

L'*Abeesse.*

O la laide !

Il y conuient mectre remede ;

Mais a qui a elle a donne

Son corps ?

La premiere.

Elle a habandonne

A frere Redymet le moynne ;

Il y a long temps.

L'*Abeesse.*

Que de peine !

Tenamus chapitrum totus,

Sonnare clochetas totus,

Qu'el *veniat.*

La deuxieme.

Sus, entre nous,

Y nous conuient mectre a genoulx

A ce chapitre.

La troisieme.

C'eft bien dict,

le n'y mectray nul contredict.

L'Abeesse.

Or chantes.

La premiere.

Benedicite.

O lieu de le dire y chantent.

Voz huys sont il tous fermes ?

Filletes, vous dormes,

Quant pour vous sont consommes,

Dormes vous, filletes ?

Filletes, vous dormes.

Mais, sans amours enflames,

Dormes vous, filletes ?

Filletes, vous dormes.

Soeur Fesne entre.

A ! i'eray quelque aduersite ;

le crains fort le punisantes.

L'Abeesse.

Venite et aprochantes,

Madamus, agenouillare.

Quia voz fecit mouillare.

Le boudin ? il est bon a voir.

La deuxieme.

Vous aues laiffes decepuoir
Voftre honneur, dont le noftre en souffre.

L'Abeesse.

Vous en sentires feu & souffre
En enfer, & de voftre vye,
N'ires en bonne compaignie,
Sans iniure & comme a ce efte
Qu'aues faict cefte lafchete ?
Vous en souffrires le trefpas.

Seur Fesne.

A ! mon Dieu, vous ne voyes pas
Ce qui vous pent deuant les yeulx ?

L'Abeesse.

Mon coeur ne fuft onc curieulx
D'eftre d'honneur tant defcouuerte.

Seur Fesne.

Helas ! voftre veue eft couuerte,
Dont voftre grand faulte defpent ;
Ce que deuant les yeulx vous pent
N'eft pas de tous en cognoiffance.

L'Abeesse.

Puys que sur vous l'ey la puiffance,
Ie vous pugniray bien a poinct.

Seur Fesne.

Al mon Dieu, vous ne voyes poinct
Ce qui eft deuant voftre veue?
I'ey failly comme defpouruue
De sens dont coupable me sens;
Mais.....

L'Abeesse.

Quel mais!

Seur Fesne.

Il en eft cinq cens
Qui n'en ont caufe ny efmoys
Et sy ne font pas mieulx que moy.

L'Abeesse.

Leues, leues la tefte ;
Vous eftes vne faulfe befte
Et aues grandement erre.

La premiere.

Y luy fault le miferere
Pour la faulte qui eft yffue.

Seur Fesne.

Et pardonnes a soeur Fefne.

La troisieme.

Y luy fault donner telle peine,
Que de douleur soyt toute plaine,
Puys qu'on la void ainfy deceue.

Seur Fesne.

Et pardonnes a seur Fefne,
Pour cela qu'el a eutour elle.

La premiere.

Vrayment el a iufte querelle,
Y ne fault pas son fruict gafter.

Seur Fesne.

Qui vous euft voulu tant hafter,
Lors qu'efties ainfy comme moy ;
En plus grand douleur & efmoy
Eufies efte que ie ne suys.

L'Abeesse.

Demeures, plus oultre pourfuys :
Qui vous a ainfy oultragee ?
Vous eftes groffe & tant chargee,
Que plus n'en poues.

Seur Fesne.

A ? madame,

Frere Redymet faict a blafme,

En mainte religion bonne.

Mais ie vous prie, qu'on me pardonne.

L'Abeesse.

Ou fuft?

Seur Fesne.

Dens le dortoueur,

A ma chambre, pres le monteur,

Ia tant enquerir ne s'en fault.

La deuxieme.

Et que ne cries vous bien hault ?

Seur Fesne.

Crier, ie ne scay qui en crye.

La troisieme.

Comment, voecy grand moquerye !

Noftre abeeffe en sera blafmee.

Seur Fesne.

Comment crier, i'eftoys pafmee;

Et puys en noftre reigle eft dict,

Ou ie n'ay faict nul contre dict,

Qu'au dorteur on garde silence.
Et sy i'euffe faict infolence,
Bruict, ou tumulte, ou quelque plaincte,
C'eftoyt contre noftre ordre saincte ;
Voyla pour quoy n'ofay mot dire.

La premiere.

Vouela bonne excufe pour rire.

La deuxieme.

Tres bien le silence el garda.

L'Abeesse.

Mais efcoutes : Qui vous garda
De faire signe pour secours ?
On y fuft ale le grand cours,
Et n'uffies receu tel acul.

Seur Fesne.

Las ! ie faiffoys signe du cul,
Mais nul ne me vint secourir.

La troisieme.

Ie n'eufe eu garde d'y courir.

La premiere.

Signe du cul !

La troisieme.

Il eſt poſſible,
Frere Redymet eſt terrible,
Et n'euſt ſceu ceſte poure aſniere
Faire ſigne d'aultre maniere.

La premiere.

C'eſt le ſigne d'un tel meſtier.

L'Abeesse.

Mais il y a vn an entier
Qu'el eſt groſſe ;
Et n'euſt elle ſceu
Nous dire qu'el auoyt conceu ?

Seur Fesne.

Dire, helas !

La deuxieme.

Ouy, dire, ouy dire.

Seur Fesne.

I'ey bien cauſe d'y contredire.

La troisieme.

Et comment ?

Seur Fesne.

Helas ! quant i'eus failly,
Mon coeur alors fuſt aſſailly

De repentance & de grand peur ;

Que l'ennemy, qui eſt trompeur,

Ne m'emportaſt pour telle faulte,

Demanday a la bonte haulte

Pardon lequel aulx bons permect

Et au bon frere Redymect

Ie demanday confeſſion,

Lequel a l'afolution,

Lorſque bien il me deſcharga,

Abſolutement m'encharga

De ne dire ce qu'auions faict

Noz deulx, ce que i'ey bien parfaict

Pour craincte de damnation.

Car dire sa confeſſion,

Et dire le secret du preſtre,

C'eſt afes pour a iamais eſtre

Danne auec les obſtines.

La premiere.

Certes, nous voela bien menes ;

Ses excuſes sont suffiſſantes.

L'Abeeſſe.

Punye en seres, ie me vantes.

O la faulte ! o le grand blafme !

Seur Fesne.

Helas ! ie vous suply, ma dame,
Ne regardes tant mon pefche
Que le voftre qui eft cache.
Ne confideres.....

L'Abeesse.

Ha ! ruffee,
Suis ie de toy scandalifee?

Seur Fesne.

On veoyt a l'oeuil d'aultruy tout aultre
Vn petit feftu odieulx;
Mais on ne voyt poinct vne poultre
Qu'on a deuant les yeulx.

L'Abeesse.

Ma renomee
Se porte mieulx que la tienne.

Seur Fesne.

Ne iuges poinct;
Les iugemens sont odieulx
Au seigneur qui eft Dieu des Dyeulx,
Vous le scaues de poinct en poinct.

Paul, glorieulx apoftre sainct,

Dict que celuy n'aura refuge

D'excufe qui sera tafche,

Et que luy mefme il se iuge

S'il eft subiect a tel pefche.

L'Abeesse.

Voyela suffifament prefche;

Suis ie comme toy, dy, mefchante?

Par celle la de qui on chante,

Ie te feray bien repentir.

La troisieme.

Elle se poura conuertir,

Madame ; se sera le mieulx.

Seur Fesne.

Ce qui vous pent deuant les yeulx,

Qui faicte voftre faulte cognoiftre,

Nous demonftre qui ne peult eftre

Que vous ne faffiez de beaulx ieux.

L'Abeesse.

Ce qui me pent deuant les yeulx!

Aue Maria, qu'effe sy?

Vous m'auez trop haftee auffy,

De venir i'eftoys empefchee,

Et, mon Dieu, que ie suis fafchee.

La premiere.

Croyez, sy les loix ne sont faulces,

Que c'eft icy vn hault de chaulces.

L'Abeesse.

Aue Maria! saincte Dame,

Ie ne suys moins digne de blafme

Que soeur Fefne.

La deuxieme.

Sont il d'ufance

Hault de chaulfes?

L'Abeesse.

l'ey defplaifance de mon faict.

La troisieme.

Et Dieu, quel outil !

Les abeeffes en portent il,

Maintenant? i'en suys en efmoy.

La premiere.

Vn hault de chaulfes!

La deuxieme.

Qu'effe sy ?

L'Abeesse.

Et n'en parlons plus.

La troisieme.

C'eft pour rire ;
Et vous ne debuez efcondire
Soeur Fefne d'abfolution.

La deuxieme.

C'eft bien nouuelle inuention,
Porter des chaulfes sur la tefte !

L'Abeesse.

On en puiffe auoir mal fefte.

La troisieme.

Or, sus, sus, changons en d'une aultre.
On dict bien qu'un barbier raid l'aultre,
Et qu'une main l'aultre suporte ;
Y conuient faire en cefte sorte ;
Donnes luy l'afolution.

La premiere.

Voyla tres bonne inuention,
Vous eftes a voz *audi nos.*

L'Abeesse.

Tu fessisti sicut et nos,

Par quoy *absoluo te gratis*,
In pecata nune dimilis
In corbennem, comme au paſſe;
Plus oultre *vade in passe*.

Seur Fesne.

Gratias, me voyla garie.

La premiere.

Concluſion: Ie trouue erreur cache,
Que ceſtuy la veult vn peſche reprendre
Du quel il eſt tache & empeſche,
Et par lequel enfin on le peult prendre,
Vous le poûuez en ce lieu cy comprendre.
La faulte en eſt a voz deulx apperceue,
Teſmoing l'abeeſſe aueques seur Fesne.
En prenant conge de ce lieu,
Vne chanſon pour dire adieu.

FINIS.